ANTONIO CARLOS OLIVIERI

Um bom sujeito

5ª edição

Ilustrações
ALEXANDRE COELHO

Formato

FICHA CATALOGRÁFICA

Dados Internacionais de Catalogação na Publicação (CIP)
(Câmara Brasileira do Livro, SP, Brasil)

Olivieri, Antonio Carlos —
Um bom sujeito/ Antonio Carlos Olivieri;
ilustrações Alexandre Coelho. — 5ª ed.
— São Paulo: Formato Editorial, 2009.

ISBN 978-85-7208-181-8

1. Literatura infantojuvenil I. Coelho, Alexandre.
II. Título.

CDD-028.5

Índices para catálogo sistemático:
1. Literatura infantil 028.5
2. Literatura infantojuvenil 028.5

8ª tiragem, 2019

Selecionado pela Fundação Luís Eduardo Magalhães

SUMÁRIO

Frase, oração, Eduardo e Valéria

A professora Márcia entrou na sala de aula. Pelo jeito, não estava para brincadeiras. O atraso do programa exigia esforço dobrado. Cumprimentou os alunos e pediu silêncio. A aula começou.

Normalmente, antes de entrar na matéria, Márcia conversava um pouco com a turma, acenava para alguns alunos, criava um clima simpático na sala. Depois, de vez em quando se interrompia e puxava um papinho aqui, outro ali, com alunos com quem ainda não tinha falado.

No início do bimestre em que aconteceu esta história, Márcia se mostrava especialmente simpática com um aluno novo, recém-transferido de uma escola do interior. "O Eduardo precisa de uma força para se ambientar", pensava. Mas no momento não podia cuidar disso. Precisava pôr a matéria em dia.

Em sua carteira, Eduardo tentava disfarçar, mas não conseguia prestar atenção à aula. Não tirava os olhos de Valéria, uma garota morena, sentada não muito longe dele. Pela primeira vez se sentia atraído por uma colega. Não sabia se eram os cabelos ou os olhos, mas achava a menina incrível!

Eduardo queria dar um jeito de se aproximar da garota, e vivia tentando inventar uma maneira de fazê-lo. Desde que chegara, fazia planos, mas a timidez tinha aumentado no ambiente novo. "Talvez no recreio ou na hora da saída...", pensava, cheio de coragem. No minuto seguinte, desanimava. No outro, mudava de ideia de novo: "Tem que ser no recreio".

– Faça o favor de vir até o quadro-negro, Eduardo.

Assustado, o garoto despertou da fantasia. A voz da professora adiou seus projetos. Surpreendido em flagrante, caminhou, pálido, até o quadro-negro. Queria parecer natural. E elegante, também. Ajeitou os cabelos com a mão. Valéria devia estar olhando para ele...

Sem perceber seu embaraço, Márcia chegou perto e pediu:

– Quero que você escreva uma oração no quadro-negro. Qualquer oração.

Eduardo ficou vermelho. Veio na hora o arrependimento: por que não estava escutando a explicação? "Podia ter escolhido outra hora para a Valéria!", culpou-se. Agora, ia ficar sendo olhado por todo o resto da classe – e por ela –, sem saber o que fazer...

– Uma oração, qualquer uma, Eduardo – repetiu a professora.

Um sorriso gozador se insinuava nas caras dos colegas. Eduardo pegou o giz e começou a escrever no quadro, com a letra tremida, uma oração. A única oração que tinha certeza de saber de cor. Sem errar nem uma palavra:

Pai nosso, que estais no céu, santificado seja o vosso nome, venha a nós o vosso reino...

A gargalhada se espalhou. Eduardo interrompeu a escrita. O gesto foi brusco. O giz se quebrou, rangendo. O menino não teve coragem de se virar. Como encarar os colegas de frente? Nem ao menos sabia em que é que estava errando... O *Pai Nosso* é uma oração, tinha certeza.

Márcia veio em socorro do aluno. Fez cara feia para o resto da turma. Não gostava disso: por que debochar de colega que erra? Queria que todos compreendessem: errar é comum, acontece com todo mundo. Quem só acerta não existe.

– A gente também aprende quando erra – ensinou.

E explicou:

– Estou falando de oração gramatical. Não de reza... Você não lembra o que é uma oração gramatical?

Eduardo continuou quieto, cabeça baixa. Não adiantava a professora tentar salvá-lo. Além do vexame que já tinha dado, não era o caso de não se lembrar: não sabia mesmo o que era oração. A tal oração da gramática. O que Valéria estaria pensando dele?

Márcia pôs a mão no ombro de Eduardo.

– Ânimo! – disse, piscando para ele.

Depois, voltou-se para a classe e perguntou:

– Quem lembra o que é oração?

Sentado perto de Valéria, Reinaldo aproveitou a oportunidade. Gostava de se exibir, principalmente quando conseguia, ao mesmo tempo, fazer pouco de um colega com quem não simpatizava. Tossiu, limpando a garganta. Empostou a voz.

Antes de responder, esticou para Valéria um olhar sorridente.

– Oração é a expressão de um pensamento por meio de palavras – disse, afinal, o peito estufado.

Márcia fez que sim com a cabeça. Sorriu. Mas acrescentou, como quem conta um segredo:

– Só ficou faltando uma coisinha...

Reinaldo disfarçou. Coçou a cabeça. Aproveitou o gesto para ler o livro que deixara aberto embaixo da carteira. Então arrematou:

– É que uma dessas palavras tem que ser verbo.

– Do contrário, não é oração. É frase – a professora concordou e completou: – É a existência do verbo que marca a existência da oração.

Márcia se voltou para Eduardo. O garoto continuava com os olhos fixos no chão. Mas a professora tinha certeza de que poderia tirá-lo do aperto. Bastava lhe dar uma nova chance.

– Que tal escrever agora uma oração no quadro? – propôs.

Os olhos do menino brilharam. E Eduardo escreveu, mais que depressa:

A professora Márcia é muito legal.

Márcia vibrou: o elogio foi escrito com tanta rapidez que não podia deixar de ser sincero. Além do mais, Eduardo mostrou ter entendido a lição. Em instantes como esse, a professora se sentia recompensada. Esquecia dos desgastes e recuperava o amor pela profissão.

Nesse momento, a classe estava em silêncio. Era uma forma de compensar o colega de quem todos tinham rido havia pouco. Mas Reinaldo sentiu-se traído. Ele levava a bola até a área e o outro é que fazia gol?

Não conseguiu conter o desabafo:

– A professora é legal, sim, mas não deixa de dar nota baixa para quem não sabe a matéria...

Márcia preferiu fingir que não tinha escutado. Mandou Eduardo se sentar. O garoto obedeceu, mas caminhou para a carteira com o rosto fechado. Tinha descoberto naquele minuto o porquê da provocação de Reinaldo: o colega acabava de pular do seu lugar. Devolvia, todo gentil, a caneta que Valéria derrubara no chão. Não era somente Eduardo quem se sentia atraído...

Sem perceber que era o centro das atenções da dupla, Valéria levantou a mão, pouco depois. Chamou a professora. Tinha uma dúvida:

– Oração eu entendi. Mas queria um exemplo de frase.

Márcia escreveu:

Tudo bem.

– Acabei de escrever uma frase no quadro, Valéria – disse em seguida. – Note: expressei um pensamento com palavras, mas não usei um verbo. Isso é frase. Deu para entender agora?

Valéria nem conseguiu pensar outra resposta:

– Tudo bem, professora.

Sem razão aparente, Valéria voltou-se para Eduardo e sorriu. Foi um sorriso ligeiro, nada mais que alguns segundos. Logo, voltava a atenção para a professora. As explicações continuavam.

Eduardo e Reinaldo tinham reparado no sorriso. Eduardo era só alegria. Primeiro, Valéria foi simpática com ele. Além disso, era legal saber que a garota tinha dúvidas também.

Reinaldo, porém, ficou roído de ciúmes. Não perdeu tempo em descarregar a raiva no adversário. Quebrou um clipe e colocou parte dele num elástico. Ergueu um V com o polegar e o indicador, fazendo a mão de estilingue.

– Aaaaiii! – Eduardo gritou, ao ser atingido.

O grito assustou alguns alunos, divertiu a maioria.

– O que foi? – Márcia interrompeu a aula.

Eduardo escondeu o grampo na mão fechada. Desconfiava de quem era o autor do disparo. Mas não ia bancar o dedo-duro.

– Acho que um pernilongo me mordeu – sorriu amarelo para a professora.

Só que não deixou de fazer cara feia para Reinaldo. Não era covarde. Márcia percebeu que alguma coisa acontecia. Resolveu separar os dois. Chamou Reinaldo ao quadro-negro.

– Agora, quero que você escreva um período.

Vitorioso, Reinaldo avançou para o quadro. Mais uma oportunidade para se exibir, imaginou. Nem se preocupou em refletir sobre o que a professora pedira. Rabiscou rapidinho, sem pensar:

Diurno.

– O quê?! – Márcia se espantou. O menino tinha acabado de se mostrar tão informado. – Isso não é um período!

Reinaldo não sabia o que dizer. Tinha conseguido ler o que é uma oração, mas um período... Será que estava errado? Gaguejou, começando a achar provável essa possibilidade:

– Mas-mas, como na-não?... Tem período diurno e noturno...

Agora atento ao que acontecia, Eduardo aproveitou:

– A dona Márcia está falando de período gramatical – disse, sem se levantar da carteira.

– Período gramatical, sim – a professora concordou.

Eduardo sorriu, vingado. Não esperava que Márcia perguntasse em seguida:

– E você? Sabe o que é um período gramatical?

Mais uma vez, silêncio demorado na classe. Eduardo se preparava para outro vexame. Mas uma tira de papel foi jogada em seu colo, por baixo da carteira. Ele desviou os olhos, furtivamente. Disfarçou e leu em voz alta o bilhete que recebera:

– Período é um conjunto de uma ou mais orações.

– Muito bem! – Márcia cumprimentou Eduardo e se voltou para Reinaldo. Ele também merecia uma chance:

– Que tal escrever agora um período, Reinaldo? – sugeriu.

O menino pensou um pouco, teve um estalo e escreveu no quadro:

A gente também aprende quando erra.

Márcia não conseguiu conter o riso. "Esse Reinaldo não se dá por vencido!"

– Pode voltar para seu lugar – a professora o dispensou, com um tapinha nas costas.

O sinal tocou. A aula chegava ao fim. A turma deixou a classe e se dispersou no pátio. Eduardo procurava Teleco, seu irmão menor. Avistou-o, rodeado por outros meninos. Aproximou-se dele.

– Caipira é sua avó! – o irmãozinho respondia à provocação de um colega.

– Deixa disso, Teleco – Eduardo o puxou pelo braço. – Vamos para casa.

Seguro com a presença do mais velho, Teleco fez uma careta para seu provocador e acompanhou Eduardo. No caminho, Eduardo contou o caso das orações e períodos errados. Falou do "ataque" de Reinaldo. Do bilhete que o salvara do apuro. Na história, uma personagem se destacava: Valéria.

– Você está amarrado nessa garota, né? – Teleco perguntou, um sorriso gozador na cara. – Não é a primeira vez que você fala dela.

Eduardo fechou a boca. Apressou o passo. Como era xereta o irmão!

– Não fica assim, Duda – Teleco queria esticar o assunto. – Vai ver quem mandou o bilhete foi a Valéria. Quem sabe ela vai com a sua cara?

Um bom sujeito

Teleco procurava distrair a atenção do amigo. Se o outro bobeasse, ele ganhava o jogo. Mas o Estêvão não tirava os olhos do tabuleiro. Teleco insistia, puxando conversa:

– Não acha que foi muita sorte do Duda? – perguntou.

– O quê? – Estêvão perdeu a concentração.

– Receber o bilhete com a resposta que a dona Márcia queria! Pô! – explicou Teleco. – É muita sorte!

E continuou, certo de que Estêvão cairia:

– Já pensou se fosse com você?

O amigo entrou na conversa:

– Puxa! Se acontecesse comigo... bem no dia da prova de Matemática... Puxa!

Teleco aproveitou o cochilo para fazer a trapaça. Furtivo, mudou uma peça de lugar, sobre a pista no tabuleiro. Gesto super-rápido, o outro não podia ter percebido. Sorriu, com a vitória garantida.

– Seria bárbaro! – Estêvão falava, ainda na fantasia, mas, de repente, despertou: – Sua vez de jogar, Teleco.

O menino moveu uma peça e gritou, levantando os braços:

– Ganhei!!!

– Droga!!! – foi a resposta do Estêvão. – Vou embora.

Era demais perder uma partida daquelas. O que podia ter saído errado? Estêvão caiu fora, batendo a porta do quarto. Teleco não deu a mínima. Era uma situação comum entre ele e Estêvão. Brigavam com a mesma frequência que faziam as pazes.

Sozinho, Teleco olhou para o quarto desarrumado. O que não queria era ter de arrumá-lo. Que preguiça! Resolveu dar um pulo no quarto do irmão. Talvez encontrasse alguma coisa divertida.

Atravessou o corredor e entrou sem bater:

– O que você está fazendo? – perguntou, antes mesmo de olhar para o Duda.

Concentrado, Eduardo respondeu, sem se voltar para ele:

– Estudando...

Eduardo tinha decidido evitar outro vexame. Na frente de Valéria, nunca mais. Por isso, andava apegado aos cadernos. Os livros espalhados por toda parte. "Na próxima chamada, tenho certeza de me sair muito bem." Isso tinha virado uma ideia fixa.

– Estudando o quê? – Teleco insistiu em puxar papo.

Eduardo refletiu: quem sabe, se desse uma resposta confusa, o chato iria embora?

– Procurando o sujeito... – disse, empolado.

– E tem algum sujeito escondido aí nesses livros? – Teleco se espantou.

Aproximou-se da mesa onde o mais velho estudava. Levantou um dos livros, olhou embaixo. Queria ver se descobria alguma coisa escondida.

Eduardo fez Teleco pôr o livro de volta na mesa. Conformado, procurou ser mais claro:

– Estou atrás é do sujeito dessas orações.

Curioso, Teleco leu uma página do livro. Observou as linhas, os espaços entre elas. Talvez ali se escondesse algum desenho. Há passatempos em que, colorindo áreas pontilhadas, a gente descobre figuras que não tinha percebido...

Quebrou a cabeça alguns momentos, mas concluiu, irritado:

– Aí não tem sujeito nenhum, Duda!

– Tem, sim! – retrucou o outro, mais irritado ainda. – Estou falando de gramática. Estou falando de sintaxe, do sujeito da oração!

– Que sujeito complicado que você é, Duda! – exclamou Teleco e fez uma careta. – Sujeitinho difícil!

– Difícil é você – rebateu Eduardo. – Não tem dificuldade no que estou falando. Em gramática, *sujeito é um termo essencial da oração.*

O irmão mais novo, calado. Não fazia ideia do que o Duda falava.

Eduardo também não soube o que dizer. De repente, teve um estalo: quem sabe, ensinando para o outro, não checava se ele mesmo sabia de cor a matéria? Não custava nada tentar. Resolveu se fazer de professor:

– Presta atenção, vou mostrar como encontrar o sujeito de uma oração.

– Quero ver – Teleco tinha esperanças. Quem sabe o irmão ensinava um truque de mágica? Algo que fizesse um "sujeito" aparecer de dentro do livro?

– Olha aqui – disse Eduardo.

E escreveu no caderno:

O Teleco é meu irmão.

– Sou, sim – confirmou Teleco, sem saber aonde o outro queria chegar. – E daí?

– Nessa oração – Eduardo explicou – está-se dizendo alguma coisa sobre alguém. Não é isso?

– Tá certo, Duda – concordou Teleco, impaciente. – E...?

Eduardo assumiu um ar de mestre:

– Então lembre-se desta definição: *Numa oração, sujeito é o ser de quem se diz alguma coisa.*

– *Numa oração, sujeito é o ser de quem se diz alguma coisa* – repetiu o Teleco, imitando um aluno bem sério. – *O ser de quem se diz alguma coisa.*

– E de quem, de quem? – perguntou Eduardo, apontando o indicador para o irmão. – De quem se está dizendo alguma coisa nesta oração que escrevi?

– De mim! Do Teleco! – respondeu o próprio.

Sentia-se orgulhoso pelo simples fato de seu apelido ser a resposta certa da pergunta.

– Logo, o que *é o Teleco*? – Eduardo continuou perguntando.

– Um menino de nove anos filho do seu Nicolau e da dona Elvira – Teleco tentou se autodefinir.

Eduardo levou a mão à cabeça. Exclamou, com cara de professor desesperado:

– O sujeito! Teleco é o sujeito! Teleco é o sujeito da oração!

Decidido a provar que conseguia ensinar ao irmão, Eduardo se perguntou: "Como deixar clara essa ideia?" Tratava-se do Teleco na oração escrita no caderno, raciocinou. Não do Teleco real, um menino de nove anos filho do seu Nicolau e da dona Elvira.

Eduardo resolveu ir por partes:

– Sujeito não é o ser de quem se diz alguma coisa?

– Foi o que você disse – Teleco concordou.

– Na oração *Teleco é meu irmão*, diz-se que *alguém* é meu irmão – Eduardo continuou.

– É – fez Teleco.

– E *quem* é que é meu irmão? *Quem*?

– O Teleco!!! – o menino repetiu seu apelido.

– Logo, Teleco é o sujeito dessa oração – Eduardo concluiu.

Silêncio do irmão. Duda acrescentou, provocando:

– Será que você não entende?

Para não ficar por baixo, Teleco repetiu a explicação:

– Na oração *Teleco é meu irmão*, *Teleco* é o ser de quem se diz alguma coisa. Isto é, o sujeito da oração.

Eduardo foi adiante:

– E tem um ponto muito importante: a pergunta *quem*?, feita antes do verbo.

– Por quê? – perguntou Teleco, que não via a importância daquilo.

– Porque um dos modos de se encontrar o sujeito de uma oração é perguntar *quem faz aquilo que o verbo diz que é feito* – Eduardo respondeu, empolgado.

Sabia tudinho na ponta da língua. Imaginava-se na aula, respondendo às perguntas da chamada oral.

– Faça a pergunta *quem?* antes do verbo – discursava para uma classe imaginária – e você encontra o sujeito da oração como resposta.

– Como é que é? – quis saber o único aluno real.

– Veja a oração: *O Teleco pergunta demais* – disse Eduardo, provocando novamente. – Agora, pergunte: *quem pergunta demais?*

– Quem pergunta demais? – Teleco resmungou e deu a resposta, contrariado: – O Teleco.

– O que é *O Teleco*, portanto? – Eduardo tomou a lição.

Teleco pensou e respondeu:

– O sujeito da oração.

Eduardo estendeu a mão, cumprimentando:

– Teleco, você é um bom sujeito.

Era a primeira vez que o Duda lhe fazia um elogio direto. Teleco ficou contente e não quis perder a oportunidade:

– Você não acha que eu mereço um prêmio? – sugeriu.

– Um prêmio? – Eduardo achou exagero. – Por quê?

– Porque eu aprendi direitinho.

Eduardo manteve a pose de professor:

– Quem ganha com isso é você. Quando chegar ao 6º ano, já vai saber parte da matéria.

– Chato!!! – Teleco não se conteve.

– E agora, tchau – Eduardo cortou o papo. – Vai começar um programa que eu quero ver na TV. E quero assistir sossegado, sem ninguém me enchendo...

– Que pena! Eu tinha uma coisa importante para contar – Teleco chantageou. – Sobre a Valéria...

Eduardo não conseguiu disfarçar.

– Então conta logo.

– Você não quer assistir à TV? – o irmão se fez de desinteressado.

– Qual é o prêmio que você queria? – Eduardo cedeu.

– Sua coleção de *Cebolinha* – Teleco foi direto.

– Emprestada? – Eduardo vacilou.

– Pelo tempo que eu quiser – para Teleco, não havia outra possibilidade de pechincha.

– Tudo bem.

– Quem jogou o bilhete foi a Valéria – Teleco afirmou.

– Como é que você sabe? – Eduardo queria uma justificativa.

– Você tinha deixado o bilhete junto com nossos boletins, lembra? – Teleco repassou os fatos.

– E...?

– Eu peguei, levei para a escola e investiguei... – o irmão pequeno fez suspense.

– "Investiguei?" – Eduardo perguntou, desconfiado.

– Perguntei para uma das garotas da sua classe de quem era aquela letra – Teleco abriu o jogo.

Por alguns momentos, Eduardo não soube o que dizer. Não tinha gostado da intromissão. Mas descobrir a autoria do bilhete era uma alegria. Deixou a raiva de lado. Pegou na estante a coleção de gibis. Estendeu a pilha de revistas para o irmão.

Teleco vibrou.

– Se eu puder ajudar em mais alguma coisa... – disse, despachado.

Professor Reinaldo

– Por essa eu não esperava – o garoto desabafou. – A Valéria se amarrar nesse cara. É demais!

– Que nada! Bobagem! – Bebeto procurou dar ânimo a Reinaldo. – Quem foi que disse que ela se amarrou no Eduardo?

– Faz pouco tempo, ela parecia gostar de mim também... Mas agora, tem o Eduardo... – Reinaldo não escutava.

– Deixa de ser bobo! – Bebeto deu um chacoalhão no amigo. – Esse cara não é de nada.

Nenhuma reação.

– Você pensa que ela vai dar bola para ele? – Bebeto achava impossível.

– Você não vê – explicou Reinaldo, murcho –, não vê como a Valéria olha para o Eduardo?

– Olha com os olhos, ué! Como olha para todo mundo – Bebeto não via o problema.

– Você que não percebeu – disse o garoto, voz carregada. – Ela nem liga para mim... Além do mais, sabe o que ela falou para a Marina, outro dia?

– Não.

– Disse que acha lindo quem é inteligente... – Reinaldo contou uma conversa escutada de canto de orelha.

– E daí? – perguntou o amigo, tranquilo. – Quem foi que disse que você não é inteligente?

Reinaldo abaixou a cabeça. Estendeu o boletim para Bebeto.

– Chiii... tá mal... – o garoto concordou, mas não desistiu do otimismo. – Em compensação, no time da escola não tem jogador mais inteligente do que você, não. Você faz cada jogada de gênio!

– Você viu o passe que eu fiz para o Chico, no jogo contra o pessoal do 7º ano? – Reinaldo recuperou momentaneamente o pique.

– Então não vi?! – exclamou Bebeto, satisfeito. – Um passe de gênio.

– Driblei o zagueiro e o centroavante – o craque irradiou a partida –, mandei a bola no pé do Chico, o Chico chutou e é gol! Gooool!

– Gooool! Golaço!!! – comemorou Bebeto, torcedor.

Surpreendido com a própria alegria, Reinaldo caiu das nuvens:

– Mas não é dessa inteligência que a Valéria gosta, não!... Para ela, o que interessa é saber as matérias. Tirar notas altas no final de cada mês.

– É, aí a coisa complica... – o amigo reconheceu. – Para bancar o gênio nas aulas, o único jeito é estudar.

Reinaldo fez uma careta.

– Mas você não pode deixar esse garoto lhe passar a perna – Bebeto tomou suas dores. – Se for preciso, eu até estudo com você.

– Eu queria pegar o Eduardo numa aula de Português – desejava Reinaldo, vingador. – Foi em Português que ele estraçalhou, anteontem.

– Isso o Ricardo tira de letra – contou Bebeto, referindo-se a um amigo dos dois, de outra turma. – Tirou dez em todas as provas da Márcia.

– Jura? – Reinaldo achou bom demais. – Será que ele me dá umas aulas?

Os dois meninos cruzaram a quadra. Entraram no prédio principal da escola. Perto do laboratório, encontraram Ricardo junto de outros meninos. O garoto exibia a capacidade aerodinâmica do seu último protótipo de avião de papel.

– E o que é que eu ganho com isso? – perguntou, quando ficou a par do interesse do colega.

– Você não é meu amigo? – Reinaldo fez ar de ofendido.

– Amigos, amigos, estudos à parte... – respondeu Ricardo, indiferente.

– As figurinhas repetidas do meu álbum – propôs Reinaldo, irritado. – Aquelas que você ainda não tem.

– É pouco... – o outro desprezou.

– Empresto a fita de *video game* que você quiser – foi a nova proposta.

– Sei não... – Ricardo sabia negociar.

– O que você quer, então, pô? – Reinaldo perdeu a paciência.

– Calma! Você ainda tem aquele CD dos Beatles?

Reinaldo tinha o disco. Gostava tanto que lembrava até o lugar dele no meio dos outros discos. Mas a imagem de Valéria falava mais alto. Estendeu a mão para Ricardo:

– Feito.

– Passa na minha casa hoje de tarde – o colega marcou.

Foram cinco tardes de muito estudo. E Reinaldo tinha um objetivo a atingir. Por isso, tratou de prestar atenção às lições de Ricardo e raciocinar. Resultado: aprendeu direitinho o que queria.

– Hoje, vou dar um *show*! – garantiu a um colega, no início da aula, alguns dias depois.

Era só esperar a professora chamá-lo, pensou. Vinte minutos passados, bateu a impaciência. Será que a professora tinha esquecido dele? No quadro-negro, outro menino tinha acabado de grifar os sujeitos das orações que Márcia pedira.

– Parabéns! – a professora cumprimentou os acertos.

Reinaldo levantou a mão. Olhava para a primeira oração escrita no quadro. Ela era:

O time da escola venceu os visitantes por dois a zero.

O sujeito da oração, *O time da escola*, tinha sido sublinhado.

– Só para confirmar, professora... – Reinaldo esclareceu o motivo do aparte. – *Time* é o núcleo do sujeito?

– Exatamente – concordou Márcia.

Eu sabia! exclamou o garoto, para marcar que sabia mesmo.

Algumas caras de espanto, outras de gozação se viraram para ele. Com o canto do olho, Reinaldo pescou o olhar que lhe interessava. Parece que Valéria tinha gostado da exibição.

Eduardo não gostou nem um pouco. Resolveu se intrometer, falando com a professora.

– Esse negócio de núcleo do sujeito a gente ainda não aprendeu – disse, numa queixa.

Gol contra. Reinaldo aproveitou e continuou o *show*. Falou de peito cheio, para todos os colegas:

– O núcleo é a palavra central do sujeito. A mais importante de todas que fazem parte do sujeito. No caso, trata-se de *time*. *Time* é o elemento principal. O vencedor dos visitantes.

E se voltou para Valéria, lembrando:

– Com a modesta participação dos meus passes para o Chico.

A classe estava de queixo caído. Será que Reinaldo tinha tomado chá de enciclopédia? Até Márcia estava calada. Como todas as atenções continuassem nele, Reinaldo soltou mais um exemplo:

– Naquela outra oração, *A professora de Matemática não veio hoje*, *professora* é o núcleo do sujeito. É a palavra que exerce o papel central.

– Como é que dá para garantir isso? – perguntou a Regininha, lá no fundo da classe.

Reinaldo não vacilou:

– Se a gente tirar a palavra *professora*, a oração fica até sem sentido.

– *A ... de Matemática não veio hoje* – repetiu Regininha em voz alta.

– Fica sem sentido mesmo! – concordou Valéria.

Amigo de Eduardo, Filipe sussurrou alguma coisa em seu ouvido. O garoto levantou a cabeça. Seus olhos brilharam.

– E você sabe dizer, Reinaldo, se esse sujeito é simples ou composto? – perguntou Eduardo, certo de que colocava o colega contra a parede.

– Quero ver ele sair dessa – comentou Filipe, apertando a mão do amigo.

Muita gente ficou de orelha em pé para escutar a resposta. Márcia ainda não ensinara a classificação do sujeito. Para a maioria da turma, esse assunto não podia ser coisa fácil.

– É sujeito simples – Reinaldo respondeu, superior. – Só tem um núcleo: *professora*. Aliás, como eu já disse.

Todo mundo se voltou para Márcia, esperando a confirmação.

– Muito bem, Reinaldo! – a professora estava surpresa. – Continue assim.

A essa altura, o garoto queria mesmo esbanjar.

– Aí no quadro, só tem uma oração com sujeito composto. É: *Meu irmão e a prima de Maria foram ao cinema* – Reinaldo foi em frente. – Dá licença, Márcia?

Chegou até o quadro, grifando as palavras *irmão* e *prima*.

– Estas são as palavras principais do sujeito, são seus núcleos. Quando o sujeito de uma oração tem mais de um núcleo, ele é um sujeito composto. Certo, professora?

– Certíssimo!

O sinal tocou. A confusão da saída começou. Reinaldo largou o giz. Foi buscar o material na sua carteira. Antes, parou ao lado de Valéria. Respirou fundo.

– Não era má ideia um cineminha hoje à tarde... – convidou.

– Se a minha mãe deixar – a menina sorriu. – Me telefona...

Na volta para casa, Teleco estranhou o silêncio de Eduardo.

– O que é que está acontecendo com você? – quis saber, curioso.

– Não dá para explicar – resmungou Eduardo, carrancudo. – Na sua idade, você não vai entender.

A diferença de idade dos dois era pequena. Mas Eduardo a usava, quando queria evitar que Teleco se intrometesse nas suas coisas. O irmão menor ficou bravo:

– Deixa de ser crica...

Eduardo precisava desabafar.

– É a Valéria, você sabe... – falou vagamente.

– Se soubesse não tava perguntando... – retrucou Teleco, impaciente.

– As coisas com ela estavam indo tão bem – contou Duda, e emendou: – Mas hoje quem marcou ponto foi o Reinaldo, na aula de Português.

– Como foi que ele fez? – Teleco queria detalhes.

– Bancando o professor – o irmão explicou. – E a Valéria adora garoto sabido, inteligente.

– Eu não acredito nisso, não – Teleco se fingiu de voz da experiência. – Menina gosta é de garoto romântico.

– Como é que é? – a última palavra espantou Eduardo.

– Você não viu a Mariana da novela das seis?... – perguntou o menor, espantado com o que achava ignorância do maior.

– Deixa de ser bobo – Eduardo se irritou. – A vida não é novela...

– Por que você não faz uma declaração de amor para a Valéria? – Teleco insistiu, noveleiro.

– Declaração de amor? – Eduardo deu risada.

– É, escreve uma carta – o garoto explicou. – Foi assim que o Roberto conquistou a Mariana.

– Quem?

– O pessoal da novela, pô! – Teleco perdia a paciência.

– Não enche! – Eduardo procurou atravessar a rua, para afastar-se do irmão.

Teleco foi atrás, defendendo sua ideia.

– Se você gosta dela, devia escrever.

– Vou pensar no caso – disse Eduardo para cortar definitivamente o papo.

O bilhete misterioso

– Você pode vir na minha casa agora, Marina? – Valéria perguntou, no telefone.

A amiga se explicou:

– A Regininha ficou de passar aqui... Ela está para chegar.

– Preciso falar com você – teimou a primeira. – Estou com um problemão...

– Por que não vem você pra cá? – Marina argumentou. – Vem...

– Então, tá – não tinha por que não topar. – Daqui a pouco estou aí.

Valéria não demorou, mesmo. As duas moravam pertinho. Tocou a campainha. Esperou. Breve "oi" para a mãe da amiga e foi entrando, afobada. Foi direto para o quarto de Marina. Regininha já estava lá. As duas olharam com curiosidade a recém-chegada.

– Oi, Rê – Valéria beijou as amigas. – Oi, Má.

– Oi, Val – as duas deram beijinhos também.

– Vocês não vão acreditar! – a garota entrou direto no assunto.

– Que que aconteceu? – as meninas perguntaram juntas.

– Recebi uma declaração de amor! – contou Valéria, orgulhosa.

– Jura? – Regininha se surpreendeu.

– De quem? – Marina queria os detalhes importantes.

Valéria refletiu um minuto. Olhou para o alto e desabafou:

– Aí é que está... Não tenho certeza.

– Como é que é? – as amigas não entenderam.

Para simplificar as coisas, Valéria abriu a bolsa. Pegou um pedaço de papel. Desdobrou. Mostrou para as duas. Era uma folha de caderno pautada, grande. Na linha central estava escrito, em letra desenhada:

Amo você, Valéria.

– Que lindo! – suspirou Regininha, inspirada.

– Quem entregou isto para você? – Marina perguntou, prática.

– Ninguém. Apareceu no caderno que deixei sobre a carteira, depois do recreio... – a garota contou.

– Quem pode ter escrito? – Marina perguntou para si mesma, pensativa.

Valéria resmungou, descontente:

– Não tem assinatura...

– Que droga! – as amigas exclamaram.

As três ficaram olhando para o bilhete, caladas. Sabiam que só havia duas alternativas. Afinal, quais os meninos que viviam cercando Valéria?

– Ou o Eduardo ou o Reinaldo – Valéria não tinha por que fazer segredo.

– Claro! – Regininha não se conteve. – Os dois ficam atrás de você o tempo inteiro.

– Você também não decide se namora um ou outro... – reclamou Marina.

– Já falei! Quero namorar o mais inteligente – Valéria tinha cismado. – E está difícil descobrir qual é...

Regininha deu risada:

– Com essa mania, você está fazendo os dois estudarem que nem loucos.

– Cada um anda mais sabido que o outro – Marina concordou.

– Mas agora eu mudei de ideia – declarou Valéria.

– Vai preferir o mais burro? – Regina se divertiu.

A declarante respondeu com uma careta.

– Já decidiu qual dos dois? – Marina retomou a conversa.

– Já – afirmou Valéria.

– Qual? – as duas amigas perguntaram ao mesmo tempo.

– Aquele que escreveu o bilhete – revelou Valéria. – Acho bárbaro um cara que faz isso. É tão romântico!

– Só que você não sabe qual dos dois – Regininha continuava achando graça.

– Esse que é meu problema... – Valéria não pôde negar.

– Como é que um sujeito escreve um bilhete e não assina? – reclamou Marina, séria.

– Isso é que é um sujeito oculto! – Regininha não se conteve.

– O quê? – dessa vez foi Valéria quem riu.

– Como você é burrinha, Rê... – Marina fez cara de dó. – Sujeito oculto não é nada disso.

– Oculto não é escondido? – Regina perguntou, ofendida. – Não é?

– É – concordou Marina. – Mas um sujeito oculto se esconde nas orações. Não é nos bilhetes.

– Ah! Tenho a maior dificuldade com essas coisas de gramática – Regininha não fez questão de esconder.

– Imagina! – Marina fez pouco da colega. – Esse negócio de sujeito oculto é bico.

– Então explica você, sabichona – Regininha mostrou a língua.

– Presta atenção – Marina aceitou o desafio. – Eu digo: *Ontem fui jantar fora.*

– Foi mesmo? Onde? – Regininha interrompeu, para provocá-la.

– Não interessa – Marina manteve a pose. – Como é que a gente acha o sujeito de uma oração?

Regininha apelou para a memória, irritada:

– Perguntando *quem?* antes do verbo. *Quem foi jantar fora?*

Marina continuou:

– Qual é a resposta que vem à sua cabeça quando você lê a oração?

– *Eu* – disse Regininha, imediatamente. – *Ontem eu fui jantar fora.*

– Como é que você chegou a essa conclusão? – quis saber Marina.

– Pelo jeitão do verbo – Regininha explicou. – Se é *fui*, não pode ser *tu fui* ou *nós fui*.

– É isso aí – concordou a amiga. – O verbo está na primeira pessoa do singular, portanto o sujeito só pode ser *eu*. Mas o pronome *eu* não aparece na oração. Foi omitido... "escondido". Por isso que a gente chama de sujeito oculto.

– Acho que entendi... – disse Regina.

– Vou dar outro exemplo – Marina quis mostrar que estava afiada. – Se eu digo: *Marcamos uma reunião na minha casa*, quem é o sujeito de *marcamos*?

– *Nós*, claro – Regininha respondeu na hora.

– Só que eu não falei esta palavra, o pronome *nós* – Marina continuou. – Então eu ocultei o sujeito. Entendeu agora?

– Entendi – concordou Regininha.

Mas, depois de refletir um momento, acrescentou:

– E se eu entendi bem, no bilhete que a Valéria mostrou, o sujeito está oculto mesmo. Está escrito: *Amo você, Valéria*. Quem ama? *Eu amo*. Mas o *eu* não aparece na oração...

– É... – disse Marina, com um sorriso amarelo.

– Tá vendo? – Regininha mostrou a língua de novo.

– O problema é que esse "sujeito" se escondeu mesmo! – Valéria voltou a seu problema. – Não assinou a carta... Foi o Reinaldo ou foi o Duda?

– Para mim, foi o Reinaldo – Regina deu um palpite. – O Duda é muito tímido para isso.

– Por isso que acho... foi ele mesmo! – era a opinião de Valéria. – Ele não assinou por causa da timidez.

– Se fosse assim, ele nem escrevia o bilhete – Marina argumentou.

– Tá certo – Valéria concordou, lembrando que Reinaldo

tinha coragem para fazer uma coisa assim. – O Reinaldo até já me levou ao cinema.

– E foi legal?

– Foi, sim. Ele é um pouco metido, mas comigo foi legal – disse Valéria, sorrindo das lembranças daquele dia.

Regininha teve uma ideia:

– Pela letra não dá para saber? Outro dia, o Teleco, irmão do Duda, veio me perguntar de quem era a letra...

– Foi escrito em letra de fôrma – Valéria interrompeu, desanimada.

– Você quer que eu tente descobrir quem escreveu? – a amiga se ofereceu.

– Como é que você vai fazer, Rê? – Valéria perguntou.

– Perguntar, mostrar o bilhete... – Regina não conhecia coisa mais simples.

– Você tá louca! – desconversou Valéria. – Vai ficar na cara que fui eu que pedi...

– Então, como é que você vai fazer? – Regininha se chateou.

– Sei lá – disse Valéria, desanimada. – Acho que vou esperar o autor me escrever um outro bilhete...

– Para mim, você devia namorar o Reinaldo mesmo – Regina resolveu simplificar.

– Mas ele não me pediu... – explicou-se Valéria.

– Nem o Eduardo – Regina afirmou.

– Não sei, não... – Valéria falou. – E o bilhete?...

– Você está achando que foi ele?

Marina interrompeu o papo:

– Deixa comigo! Já bolei um plano para descobrir quem escreveu.

A hora do vamos ver

– Basta ele ir ao quadro-negro. Aí vou matar a charada – Marina garantiu, antes do começo da aula. – Deixa comigo!

– Vê lá o que vai aprontar – recomendou Valéria, com medo. – Não quero todo mundo sabendo disso...

– Fica tranquila! – a amiga não via motivo de preocupação. – Só você, a Regininha, eu e o autor do bilhete vamos entender... Você só tem que prestar atenção na cara dos garotos.

Mas Valéria não conseguia. Como manter a calma? É difícil se controlar! Quando Márcia entrou na classe, a garota sentiu até as pernas tremerem. Sentou imediatamente. O coração batia forte. O que é que a Marina pretendia?

Ao lado de Valéria, antenas ligadas, a menina-detetive esperava a oportunidade. A professora leu um texto em voz alta. Os alunos acompanharam silenciosamente. Depois, Márcia colocou questões no quadro. Queria a resposta para o dia seguinte. Valia nota.

– Agora, a gente vai continuar estudando os termos da oração – Márcia anunciou, depois de consultar o relógio.

Como costumava fazer, chamou alguns alunos ao quadro. Pediu que escrevessem orações. Em seguida, que grifassem o sujeito. "É importante rever, para gravar na memória", a professora acreditava.

A impaciência tomou conta de Marina. Dois meninos já tinham sido chamados. O relógio na parede mostrava vinte minutos para o fim da aula. Márcia convidou um terceiro garoto, o Filipe.

– Larga d'eu, dona, larga d'eu! – pediu o aluno, imitando um personagem da televisão.

Risada de todo mundo. Marina acreditou: "É agora!"

– Márcia, larga dele! – a garota fez sua imitação também, sugerindo em seguida: – Dá uma chance pras meninas... Até agora, só menino foi ao quadro...

Márcia concordou. Era importante equilibrar o jogo. Hora de chamar alguém da ala feminina. Filipe soltou um suspiro de alívio. Podia continuar desenhando.

– Tá bom – disse Márcia, chamando Marina com o dedo indicador. – Então, vem você...

A menina caminhou assanhada para o quadro. Só faltava a professora dizer o que queria. Márcia pediu:

– Escreva três orações.

Marina foi ligeira:

1) *O menino escreveu um bilhete.*

2) *O bilhete era amoroso.*

3) *Minha amiga leu o bilhete, contente.*

Em alguns momentos, Marina se voltava para a classe. Piscou para Valéria. "Fica ligada, Val", era o que queria dizer.

Valéria captou a mensagem. Discreta, tanto quanto possível, olhou para os lados. Primeiro, Eduardo. Em seguida, Reinaldo. Depois, vice-versa. Nenhum deles mostrava ter mordido a isca. Não encontrou sinal que relacionasse um dos dois ao bilhete...

Márcia achou suspeito. Marina olhava repetida e alternadamente para o quadro e para a classe. "O que é que ela está tramando?", imaginou a professora. Era melhor continuar a aula, concluiu, momentos depois. Olhou para a menina a sua frente.

– Quer sublinhar os sujeitos, Marina?

Vieram os traços abaixo de *O menino*, *O bilhete* e *Minha amiga*. Marina observou Eduardo e Reinaldo. Márcia acompanhou o olhar da aluna. Espiou, curiosa, as caras dos dois. Reinaldo e Eduardo também se espiaram, interrogativos.

A professora bateu o apagador no quadro. Deixou de lado o que quer que acontecesse. Tinha de ser ela mesma o centro das atenções. Voltou à matéria.

– Todos já sabem o que é sujeito – começou. – Agora, vamos falar de predicado... É fácil... Como já vimos, *o sujeito é o ser de quem se afirma alguma coisa.*

Fez uma pausa. A turma aguardava a conclusão.

– Pois muito bem – continuou –, *o predicado é tudo aquilo que se afirma do sujeito*.

– Como é que é? – muita gente perguntou ao mesmo tempo.

– Não entendi nada! – confessou a Regininha, lá do fundo.

Márcia decidiu simplificar. Colocou a mão sobre o quadro, encobrindo o sujeito de uma das orações. "Agora, acho que vai ficar mais claro", pensou. E explicou novamente:

– *Tudo o que não é sujeito é predicado.*

Fez nova pausa. Voltou a falar para Marina:

– Sublinhe com dois traços tudo o que não é sujeito...

No quadro, as orações ficaram assim:

O menino escreveu um bilhete.

O bilhete era amoroso.

Minha amiga leu o bilhete, contente.

A professora conferiu e cumprimentou:

– Muito bem, Marina! Você acaba de encontrar os predicados dessas orações.

Marina não se conformava... Como era possível? O plano não dar em nada! Muito chateada, desabafou em voz alta:

– Eu queria encontrar mesmo quem escreveu o bilhete!

– O quê? – Márcia se espantou. – Do que você está falando?

– Nada, não, fessora... – Marina fez cara sem graça.

Foi sentar rapidinho. Atrás da orelha de Eduardo e de Reinaldo, uma pulga começou a incomodar. Que história é essa de bilhete? Pior: de bilhete amoroso! "Será que esse cara escreveu uma declaração de amor pra Valéria?", cada um se perguntava. Nenhum dos dois gostava da resposta afirmativa. Mas achavam que era a única correta.

– Da mesma forma usada para o sujeito – Márcia continuava sua exposição –, também podemos falar em núcleo do predicado. Por exemplo, na primeira oração que Marina pôs no quadro, o núcleo do predicado é o verbo...

– *Escreveu*... – falou Reinaldo, cara feia.

Ele não seguia o raciocínio da professora. Na verdade, ainda imaginava se Eduardo teria praticado a ação que o verbo expressava.

– Muito bem! – aprovou Márcia. – Mas, na segunda oração, o verbo não tem a mesma importância. Vejam, o que conta aí é o nome...

– *Amoroso*... – disse Eduardo, com o canto da boca.

E olhou para Reinaldo, furioso. Reinaldo sustentou o olhar, provocativo. Nenhum dos dois nem piscava. Mas Márcia não percebeu o desafio silencioso. Estava envolvida com a explicação.

– Isso mesmo! – exclamou, satisfeita. – No primeiro caso, o núcleo do predicado é um verbo. No segundo, o núcleo é um nome. Vocês entenderam?

Foi preciso repetir a explicação. Retomar a ideia de *núcleo*, ou seja, *a palavra mais importante do conjunto de palavras que formam o sujeito ou o predicado*. Seguiram-se novos exemplos. Afinal, parecia que as ideias estavam claras.

A professora decidiu confirmar, fazendo uma pergunta:

– Quem me dá um exemplo de predicado que tenha um nome como núcleo?

– *Eduardo está nervoso* – Marina falou em voz alta.

Tinha reparado na agitação do colega. Aproveitou para pôr novamente seu plano em ação. Cutucou Valéria. Era o momento de ficar ligadíssima.

– Isso! – concordou Márcia, sem se importar com o significado da oração apresentada. – Predicado: *está nervoso*. O núcleo é o nome *nervoso*. Compreenderam?

O silêncio pareceu uma resposta afirmativa. A professora pediu mais uma vez:

– Agora, quem me dá exemplo de um predicado que tenha um verbo como núcleo?

– *Não levo desaforo para casa* – disse Reinaldo, sério.

Encarou Eduardo. Este, por sua vez, não desviou os olhos. Márcia se colocou entre os dois. Não estava gostando daquilo. Que diabo estava acontecendo? "Melhor continuar a aula", concluiu, "desviar a atenção dos dois."

– Certo, Reinaldo. Sujeito: oculto, *eu*. Predicado: *não levo desaforo para casa*. O núcleo é o verbo *levar*... – disse ao aluno, fazendo o sinal de positivo, o polegar esticado para cima.

Depois, dirigiu-se a todos:

– Agora, prestem atenção na terceira oração que Marina pôs no quadro... Reparem que o predicado *leu o bilhete contente* traz duas ideias importantes: *leu* e *contente*. Portanto, esse predicado tem dois núcleos.

– Barbaridade! – exclamou Regininha. – Predicado com dois núcleos!

Márcia continuou, sem dar ouvidos ao comentário:

– Dois núcleos, sendo que um é verbo e o outro é nome... um verbo e um nome... Quem dá outro exemplo de predicado com dois núcleos?

– *Dois alunos brigarão ciumentos na saída* – disse Filipe.

Fazia tempo que acabara seu desenho. Estava ligado na matéria e na situação esquisita entre os dois colegas. Olhava divertido para Reinaldo e Eduardo.

– Certo! – aprovou Márcia.

A professora se referia ao predicado com dois núcleos, *brigarão e ciumentos*. De repente, reparou no significado da oração. Perguntou, preocupada:

– O quê?

Não houve resposta. O sinal tocou. Aquela era a última aula do dia. A turma já recolhia o material e disparava para a porta.

Valéria e Marina pareciam não ter pressa. Conversavam baixinho em seus lugares.

Eduardo e Reinaldo saíram a toda. Um queria tomar a frente do outro. Resultado: trombaram ao atravessar a porta. Foi o suficiente...

– Tá querendo briga? – provocou Reinaldo.

– Se você quiser, eu encaro – desafiou Eduardo.

No corredor, a discussão foi adiante. Na escada, teve muito colega que escutou. Filipe foi um deles, e ficou preocupado. Juntou um grupo ao redor de Reinaldo e Eduardo, no pátio. No portão, o pessoal incentivava a briga.

A turma da escola tinha um lugar certo para sair no braço. Um terreno baldio das redondezas. Ali, a uma distância segura do colégio, reuniram-se os inimigos e os expectadores. Reinaldo e Eduardo jogaram as mochilas no chão. Como no início de uma luta de boxe, os dois lutadores se prepararam para o combate. Deixaram os casacos com os colegas. Tiraram os relógios do pulso.

– Que negócio é esse de mandar bilhetinho para a Valéria? – perguntou Eduardo, pronto para enfrentar o outro.

– Eu é que pergunto! Que bilhete é esse que você mandou? – Reinaldo quis saber, aos gritos.

– Deixa de ser fingido! – Eduardo gritou, irritado.

– Fingido é você, bobão!

Eduardo avançou contra Reinaldo. Que lhe importava a diferença de tamanho? Tentou atingir a barriga do inimigo. Um soco! Reinaldo desviou. Pulou para o lado. Ainda conseguiu derrubar o atacante com uma rasteira.

Aproveitou a vantagem. Caiu sobre Eduardo. Segurou seus braços, tentando imobilizá-lo. Com a vitória garantida na cabeça, ordenou:

– Pede água, pede água!

Eduardo conseguiu se soltar. Nem ligou para a camisa rasgada. Deu uma reviravolta. Ficou por cima de Reinaldo, tentando aplicar uma gravata. Mas as coisas mudaram de novo. Reinaldo escapou e estava de pé. A turma vibrava e torcia. Eduardo levantou também, pronto para o próximo *round*.

De repente, o círculo ao redor dos lutadores se dispersou. A plateia fugia em disparada. Eduardo procurou com o olhar aquilo do que os meninos corriam. O inspetor de alunos vinha na direção deles. Era seguido por Filipe e Teleco.

Reinaldo não deixou passar batido a distração de Eduardo. Acertou em cheio. Um soco no olho direito. E se mandou, voando.

– Não falei que ele acabava com o meu irmão? – disse Teleco, aflito, para o inspetor e Filipe.

E o bilhete?

Chegou a hora do recreio. Meninos, meninas, moças, rapazes. Uma pequena multidão cruzava o pátio da escola. Os grupinhos se formavam. Ao redor da mesa verde, a turma do pingue-pongue. Concentradas, apesar de todo barulho, algumas duplas de xadrez. Repartida, a quadra poliesportiva servia para tudo ao mesmo tempo. Um jogo de vôlei, outro de basquete e mais o futebol de salão.

– Você viu o Duda? – Valéria perguntou, na lanchonete.

– Eu sei onde está o Reinaldo... – Bebeto respondeu, gozador.

Valéria fez uma careta. Virou as costas. "Onde o Duda se meteu?", queria saber. Avistou a Regininha. Acenou e caminhou em sua direção. Sentada, Regina ofereceu uma mordida do sanduíche. Valéria aceitou um gole do refrigerante.

– Você viu o Eduardo? – perguntou, logo depois.

– Não... – disse Regininha, a voz malandra. – Você quer alguma coisa com ele?

– Deixa de ser chata! – Valéria saiu de perto.

Junto da sala dos professores, a menina encontrou o Filipe. "Ele é amigo do Eduardo", lembrou. Devia saber onde estava. Parou o menino. Tomou fôlego.

– Cadê o Eduardo?

– O Duda ficou na classe – Filipe era falador. – Ele está com vergonha de vir aqui fora. Você não sabe o que aconteceu ontem?

Valéria já estava longe, a caminho da sala de aula. Atravessou o corredor do colegial. Entrou na ala do 6º e 7º anos. Abriu a porta da classe.

Solitário, Eduardo estava lendo o *Almanaque do Tio Patinhas*. Ao som da porta que se abria, abaixou o gibi. Levantou a cabeça. Um borrão escuro contornava o olho direito.

Valéria aproximou-se dele e perguntou, atrapalhada:

– Por que você não vai sair no recreio?

Eduardo respirou fundo. "A Valéria me procurando!" Sentiu o bater do coração. Veio um medo ligeiro de não conseguir falar. Mas era obrigação dizer alguma coisa. Tomou coragem.

– Com essa cara? – não tinha como esconder o soco recebido.

– O que é que tem? – Valéria queria dar ânimo. – Não tá feio, não. Olha... você está até engraçadinho com esse olho roxo...

Eduardo deu uma risada. Mas continuava sem saber como se comportar. A timidez tinha tomado conta dele. Forte que só ela, Valéria ajudou, não deixando o silêncio demorar.

– Eu sei por que você está assim – dessa vez, foi a menina quem pensou que a voz não ia sair. – Foi por causa do bilhete... O bilhete que você me mandou.

"O bilhete que eu mandei?", Eduardo se perguntou, silencioso. "Eu não mandei... queria ter mandado, mas não mandei." Agora, já não era o caso de não saber o que falar. Nem o que pensar Eduardo sabia. As ideias rodopiavam no carrossel da cabeça. "Tá na cara que ela gostou do bilhete. Ótimo que pense que fui eu." Mas como ir adiante?

O silêncio deixou a garota embaraçada. Valéria achou que tinha sido apressada demais. Por que falar do bilhete? Melhor ter deixado o menino tomar a iniciativa. Mas o olho roxo do Duda doía nela também. O fato de o Eduardo apanhar tinha pesado na sua decisão... "Só que devo ir mais devagar", Valéria concluiu, procurando parecer sossegada.

– Depois de amanhã tem prova – leu o aviso no quadro. – Você não quer estudar comigo?

– Estudar com você? – Eduardo repetiu, confuso.

Valéria, toda gentileza, sugeriu:

– Vem na minha casa hoje de tarde.

– Vou – Eduardo sentiu firmeza. – Deixa eu anotar seu endereço.

Falando alto, vários colegas entraram na classe. Fim do recreio. Valéria foi para sua carteira. Nas aulas seguintes, diversas vezes olhou Eduardo e sorriu. Para Reinaldo, fechava a cara. Aliás, logo no começo da manhã, dera um recado para ele: "Não quero mais papo".

Em casa, ao meio-dia, a primeira coisa que Eduardo fez foi tomar banho. Colocou roupa nova. Penteou bem o cabelo.

Na mesa do almoço, a mãe estranhou. O filho nunca foi de se arrumar tanto. Eduardo avisou que ia passar a tarde fora, estudando. Comeu pouco. Desistiu da sobremesa, para chegar mais depressa.

– Oi, Duda, tudo bom? – foi Valéria quem atendeu a porta.

– Tudo bem – ele tremeu na base, mas beijou o rosto que a menina estendia.

– Entra – Valéria parecia mais bonita do que antes.

Sentada na sala, uma senhora de idade deixou de lado o livro que lia. Olhou para Eduardo, curiosa. A neta fez a apresentação:

– Vó, este aqui é o Eduardo.

A avó sorriu com simpatia:

– Nossa! Bem que você falou que ele era bonitinho... Mas e esse olho roxo? Como é que apareceu?

Vermelhos, Valéria e Eduardo tentaram sorrir.

– Vem, Duda – a menina procurou escapar de outra possível indiscrição. – Vamos estudar no meu quarto.

– Bacana, a sua avó... – Eduardo comentou, divertido, no corredor.

– Qual é a matéria que vai cair? – Valéria perguntou, para mudar de assunto.

– Tudo o que a gente aprendeu no bimestre – disse Eduardo, e sentou no lugar indicado, ao lado da escrivaninha.

Valéria abriu o livro de Português. Leu duas definições:

– Sujeito é o ser de quem se afirma alguma coisa. Predicado é aquilo que se afirma do sujeito.

Eduardo parecia não ter escutado. Olhava para ela, esquecido da vida. Por alguns instantes, Valéria também se perdeu no olhar do menino. Mas resolveu retomar a gramática. Mais um pouco, pelo menos.

– Você entendeu? – perguntou.

– Claro! – Eduardo despertou da fantasia, tentando se concentrar. – Quer que eu dê um exemplo?

– Tá, mas é melhor escrever – a menina apontou um caderno. – Ajuda a memória da gente.

Eduardo pensou um pouco. Levou a caneta ao papel. Voltou atrás. Repetiu o movimento de ida e volta. Nada de preencher as pautas vazias. Valéria se ofereceu:

– Quer que eu escreva?

– Não, não – Eduardo se achou bobo.

"Preciso ser homem", decidiu. Ou tudo não dava em nada.

Timidez é bobagem, escreveu rapidamente.

Valéria leu a oração. Fez mentalmente a análise: *Timidez* é sujeito simples; predicado: *é bobagem*. Mas não resistiu. Queria saber o motivo do exemplo:

– Por que você acha que timidez é bobagem?

Eduardo reuniu forças.

– Esse não é o exemplo que eu queria dar – explicou, pateta –, mas não dei o outro por... timidez.

Um sorriso compreensivo apareceu no rosto de Valéria. Mas a garota achava que não era hora de ser boazinha. Para dizer o que ela queria ouvir, Eduardo precisava de um empurrão.

– Que timidez mais chata! – a garota fez cara feia. – Me deixou curiosa... Qual era o outro exemplo? O que você ia escrever? Conta, vai!

"Tem que ser agora, Dudinha!", o menino se aconselhou. "Vai fundo!"

Escreveu e exibiu para Valéria a declaração:

Você é linda.

O rosto de Valéria se abriu. Ela suspirou, vitoriosa. Eduardo sorriu, satisfeito. Mas resolveu fazer charme. Retomou o caderno e escreveu a análise, nas linhas abaixo da oração. Sujeito simples: *você*; predicado: *é linda*.

Valéria não precisava falar. O que sentia o rosto anunciava. Aproximou sua cadeira de Eduardo. Tirou a caneta da mão dele. E aproveitou o gesto: as duas mãos se tocaram, devagar, macias, quentes.

– Minha vez de dar exemplo – Valéria, dengosa, resolveu brincar.

E escreveu:

Acho você lindo também.

Eduardo quis falar. Mas a menina já acrescentava a análise, imitando Márcia:

– Sujeito oculto: *eu*; predicado: *acho você lindo também*.

E acrescentou, gracinha:

– Além de ser inteligente. Inteligente e romântico!

O que é que os dois esperavam? Não tinham mais o que esconder. Eduardo decidiu abrir o jogo, da mesma maneira que fizera até aquele momento. Brincadeira de misturar o estudo da comunicação com a expressão da verdade.

– Vou dar um exemplo de sujeito composto – disse, colocando o braço ao redor dos ombros de Valéria.

Novamente, a esferográfica deslizou no papel:

Valéria e Eduardo deviam namorar.

Eduardo ia grifar os dois núcleos do sujeito. Valéria segurou sua mão.

– Deviam! Eu quero – foi o que conseguiu dizer. – Eu quero!

Eduardo jogou livros e cadernos para o lado.

Os lábios dos dois se tocaram. Um beijo gostoso demais. O primeiro... Os passos da avó ressoaram no corredor. O casalzinho tentou disfarçar. Mas foi surpreendido de mãos dadas. A velhinha fingiu que não viu nada. "Deixa os dois sossegados", decidiu. Saiu de cena.

* * *

Quem chegou em casa no fim da tarde era outro Eduardo. Ele talvez não se desse conta do tipo de transformação pela qual havia passado. Sua felicidade deixava perceber somente que uma transformação tinha acontecido. Abriu a porta. Caminhou para o quarto. Onde estaria o Teleco? Queria contar a novidade. "Mas devagar, que nem adulto", achou melhor.

Encontrou o irmão no quarto. Na verdade, pegou o menino no pulo. Teleco tinha aproveitado sua saída. Jogava "Super Mário" no *video game* de Eduardo. Assustado, o menino prometeu:

– Já estou indo embora, Duda.

O rosto alegre de Eduardo encorajou Teleco.

– Deixa eu acabar essa partida? – pediu ao irmão.

– Claro! – Eduardo falou, bonzinho. – Joga o tempo que você quiser.

Aí, o Teleco se espantou. Entregar o *video game* assim, sem reclamar nem pôr condição? Resolveu desligar o jogo.

"Dane-se aquela partida! Curiosidade me deixa louco!" Examinou o rosto do irmão. Tinha alegria até no olho roxo.

– Que que aconteceu, Duda? – o menino perguntou, ansioso.

– Nada, não – disse Eduardo, aparência distante. – Nada, não...

Teleco calculou. Tinha de dar corda ao irmão. Ou não descobria nada. Sabia do nome que funcionava como palavra mágica sobre Eduardo:

– É a Valéria, não é?

Mágica ou não, a palavra acabou com o suspense do namorado:

– É. É a Valéria, sim...

– Conta logo! – Teleco perdeu a paciência.

– A gente está namorando – Eduardo fez voz de locutor que transmite uma notícia quentíssima.

Teleco pensou um pouco e falou consigo mesmo:

– Quer dizer que meu plano deu certo?... Claro! Meus planos sempre dão certo.

– Plano? – Eduardo sentiu um calafrio. – Que plano?

– Ah! Você já deve estar sabendo – disse Teleco, desligado. – Se está namorando, já está sabendo...

– Não estou sabendo de nada! – o irmão negou, irritado.

– Você não sabe do bilhete que a Valéria recebeu?

– Claro que sei do bilhete! – exclamou Eduardo, confuso. – Sei que a Valéria recebeu um bilhete... Um bilhete de amor. Sei também que não fui eu que escrevi...

– Lógico que não foi você – revelou Teleco, com uma gargalhada. – Fui eu!

– O quê? – o queixo do Duda caiu.

– Eu sabia que você gostava da Valéria, né? – o menino se explicou. – Sei também que você é muito *tindo*...

– *Tindo*? – Eduardo não entendeu. – Que que é *tindo*?

– É aquela pessoa que não tem coragem de mostrar o que sente...

– *Tímido*! – exclamou Eduardo, que tremia, nervoso.

– Isso! – concordou Teleco, sem se importar muito com o modo correto da palavra. – Você é muito tímido. O namoro não ia para a frente. Aí, resolvi dar uma mãozinha... Escrevi uma declaração de amor, um bilhetinho. Aproveitei uma hora do recreio, fui à classe de vocês.

– E...? – Eduardo mal conseguia acreditar.

– Coloquei a declaração no caderno dela... Eu ia pôr o seu nome. Mas não sei falsificar sua assinatura...

– Teleco! – o grito interrompeu a história.

Eduardo deu um tempo. Devagar, a raiva passou. Esse menino era impossível! Aproximou-se dele. Desconfiado, Teleco se encolheu no canto da cama. Eduardo abraçou o pequeno e cochichou em seu ouvido:

– De verdade, Teleco, você é um bom sujeito!

UM BOM SUJEITO

Antonio Carlos Olivieri

PROPOSTA DE ATIVIDADES

PARA O ALUNO

Nome: ____

Escola: ______________________________ Ano: ______________

Eduardo e Reinaldo disputam as atenções da colega Valéria, e as aulas de Português oferecem o melhor pretexto para isso, quando a classe começa a estudar sintaxe, períodos e orações. Então, inesperadamente, a menina recebe uma declaração de amor, mas não sabe quem é o autor da frase no caderno: "Amo você, Valéria".

ANALISANDO O TEXTO

ENREDO

1. A professora Márcia não é uma das personagens principais, mas também tem sua importância nesta história.
   a) De acordo com o livro, ela é uma professora que se preocupa apenas com a matéria e o programa, ou também se preocupa com os alunos?
   b) Indique, no primeiro capítulo, uma cena que mostre como Márcia é observadora e analisa o comportamento de seus alunos.

2. Como Eduardo escapou de um vexame de forma misteriosa e inesperada?

3. Na primeira vez que aparece na história, Teleco tira duas conclusões do que Eduardo lhe conta no caminho.
   a) Quais são as conclusões a que chega o irmão mais novo?
   b) Que característica ou qualidade de Teleco você pode observar nessa passagem?

4. Numere as frases abaixo de acordo com a ordem dos fatos na história:
   ( ) Teleco garante que as garotas preferem mesmo os românticos.
   ( ) Reinaldo deu um verdadeiro *show* de conhecimentos na aula.
   ( ) Às vezes Eduardo usava a diferença de idade para afastar a intromissão de Teleco.
   ( ) Teleco fez a sugestão de escrever uma carta.
   ( ) Bebeto elogia a inteligência dos passes de bola de Reinaldo.
   ( ) Eduardo se queixou de que ainda não tinham aprendido sobre o núcleo do sujeito.
   ( ) Reinaldo se lamenta de que Valéria só olha para Eduardo.

5. Qual foi o recurso que Reinaldo usou para obter vitórias na disputa com Eduardo?

6. Em momentos diferentes, tanto Eduardo quanto Reinaldo fazem trocas ou permutas com outros personagens, motivados pela disputa que travam.
   a) Indique as situações em que Eduardo e Reinaldo fazem, respectivamente, essas trocas.
   b) Explique como, nas duas vezes, foi trocado um bem imaterial ou abstrato por um bem material ou concreto.

7. Que outro personagem, além de Teleco, ocupa um papel de detetive nesta história? Que meios utiliza em sua investigação?

NARRAÇÃO/PERSONAGENS

8. Classifique as afirmações abaixo como V - verdadeiras ou F - falsas:
   ( ) O tempo todo Valéria esteve decidida a ficar com o mais inteligente.
   ( ) Marina foi a autora do plano para descobrir o autor do bilhete.
   ( ) A professora Márcia colaborou involuntariamente com o plano de Marina.
   ( ) Márcia nunca percebeu nada do que se passava durante suas aulas.
   ( ) Este é um romance voltado para a comunicação escrita, com mensagens sempre trocadas na escola e dentre as quais uma única é de autoria anônima, a peça-chave da narrativa.
   ( ) Este é um livro que se ocupa de comunicação e expressão em geral, mas destacando as mensagens escritas, a maioria delas trocadas no meio escolar e duas das quais de origem misteriosa.
   ( ) O romance desenvolve na prática assuntos de comunicação e expressão, nas situações escolares e da vida em geral.
   ( ) O principal objetivo do livro é um assunto de comunicação e expressão e de língua portuguesa, e a história tem um interesse apenas secundário.

9. Associe as personagens, à esquerda, a suas características, na coluna da direita:

a) Márcia	( ) timidez, insegurança
b) Eduardo	( ) capacidade de tirar proveito das falhas alheias
c) Teleco	( ) criatividade e senso de oportunidade
d) Valéria	( ) ação "rápida e rasteira"
e) Reinaldo	( ) solidariedade e companheirismo
f) Marina	( ) equilíbrio e imparcialidade
g) Bebeto	( ) sensibilidade e emotividade

LINGUAGEM

10. "A classe estava *de queixo caído*. Será que Reinaldo tinha *tomado chá de enciclopédia*?" (p. 22). Explique o significado das duas expressões:

    de queixo caído: ____

    tomar chá de enciclopédia: ____________________________________

11. O título deste livro e praticamente todo o seu tema se baseiam num trocadilho, isto é, um jogo de palavras com sentidos diversos.

a) Em que palavras e sentidos diferentes se baseia o trocadilho em questão?

b) Mencione dois momentos importantes em que esse trocadilho aparece diretamente.

SINTETIZANDO A OBRA

12. Como você pôde observar, Valéria tinha um critério para a escolha de seu futuro namorado. Assinale a alternativa que corresponde exatamente a esse aspecto:

a) Ela seguiu até o fim a opção pelo mais inteligente, pois foi a primeira e a que acabou valendo.

b) Ela mudou de critério, atraída pelo romantismo da declaração.

c) Não vem ao caso se Valéria mudou o critério ou foi fiel ao princípio de escolha inicial, pois ela se fixou em Eduardo depois que achou que ele era o autor da declaração.

d) Os dois critérios influíram e talvez até ela sentisse uma inclinação por Eduardo, mas este também foi favorecido pelo acaso, ao ser tomado pelo autor da frase.

e) A inclinação que ela secretamente já sentia por Eduardo superou a escolha pela inteligência ou pelo romantismo.

13. Quer pela inteligência e aplicação nos estudos, quer pelo romantismo e delicadeza de sentimentos, o que Valéria queria realmente era um rapaz que se destacasse dos demais colegas.

Você concorda ou discorda dessa afirmação? Por quê?

14. Em sua opinião, o acaso e a interferência de fatores externos - o bilhete de Teleco e o truque de Marina - foram decisivos para a escolha de Valéria, ou eles apenas contribuíram para uma escolha que ela faria espontaneamente?

INDO ALÉM DA HISTÓRIA

15. Discuta em classe, numa reunião aberta de rapazes e garotas: Na vida real, as pessoas seguem um modelo ou um critério na escolha de seus parceiros de casamento, namoro ou uma simples “ficada”? E isso é bom ou mau?

16. Um dos objetivos de *Um bom sujeito* é mostrar como um instrumento teórico, como a sintaxe e a análise sintática, pode ser mais que um tema de estudo chato, praticando-se diretamente sobre a realidade viva. Você acha que ele atingiu esse objetivo?

CRIANDO E PRODUZINDO TEXTOS

17. Componha uma entrevista imaginária com as principais personagens deste romance, perguntando aquilo que não foi dito mas que os leitores gostariam de perguntar a eles. Responda de acordo com o que você acredita que eles responderiam. Exemplo: pergunte a Valéria se ela já não sentia uma “quedinha” por Eduardo antes de tudo acontecer, pergunte a Eduardo se ele teria coragem de se declarar se não fosse a intervenção do bilhete misterioso... E por aí afora.

18. Redija dois pequenos textos (5 a 6 linhas) apontando:
   - quem é o personagem mais inteligente da história; e
   - quem é o personagem mais simpático.

   Os textos devem justificar sua opinião.

COMPREENDENDO O TEXTO NÃO VERBAL

19. Você gostou das ilustrações deste livro? Em seu modo de ver, qual delas foi mais expressiva ao captar características dos personagens?

20. Descreva como seria, em sua imaginação, a próxima grande ilustração que se seguiria se a história não tivesse terminado onde parou e continuasse mais um pouco. Vale tudo: cenas do namoro de Eduardo e Valéria, a agitação em sala de aula depois do fato etc. Vá além. Se for desenhista, faça mesmo um esboço da ilustração.

CONCLUINDO

21. Redija uma resenha de *Um bom sujeito* para o jornal da escola, incluindo: dados do livro (título, autor, editora, ano de publicação e número de páginas), um pequeno resumo da história (6 a 8 linhas) e um comentário crítico (2 a 3 linhas).

UM BOM SUJEITO
TEXTO © 1997 ANTONIO CARLOS OLIVIERI
ILUSTRAÇÕES © ALEXANDRE COELHO

EDITORIA
SONIA JUNQUEIRA
EDITORIA DE ARTE
NORMA SOFIA
ASSISTÊNCIA EDITORIAL
JAKELINE LINS
SECRETARIA EDITORIAL
FLÁVIA ARAÚJO
EDITORAÇÃO ELETRÔNICA
BRUNO MARTINS

REVISÃO
ELZIRA DIVINA PERPÉTUA/ GISELLE DUPIN
MARGARET PRESSER (Revisão final)
PROPOSTA DE ATIVIDADES
RONALDO ANTONELLI
IMPRESSÃO E ACABAMENTO
RENOVAGRAF

SARAIVA Educação S.A.
Avenida das Nações Unidas, 7221 – Pinheiros
CEP 05425-902 – São Paulo – SP
Tel.: (0xx11) 4003-3061
www.editorasaraiva.com.br
atendimento@aticascipione.com.br

CL: 810880
CAE: 576931